Machtmissbrauch in den Medien

Inhaltsverzeichnis

AF285345

By By München

„Was haben sie jetzt vor ?" Dr. Bernd Falke sitzt an seinem übergroßen, mit Zeitungen und Papieren vollbeladenen Schreibtisch und schaut mich durch seine breite, dunkle Hornbrille eindringlich an. Lässig stehe ich im Türrahmen. Trage schon meinen gefütterten Trenchcoat, bin fertig angezogen um hinaus zu gehen in die Kälte des Münchner Nachmittags. Ich möchte nur noch kurz Tschüss sagen, ohne viele Worte. Betont beiläufig antworte ich meinem langjährigen Chef: „Ich habe mich beworben bei DOR, als Fernsehjournalistin. Bin wohl in die engere Auswahl gekommen. Nächste Woche habe ich ein letztes Bewerbungsgespräch." Dr. Bernd Falke lächelt freundlich, aber ohne seine, von hunderten Zigarren, gelb gewordenen Zähne zu zeigen. „Sie werden es weit bringen. So perfekt wie sie hat noch Niemand die Spalten der Programmzeitschriften gefüllt. Sie waren immer pünktlich, haben als freie Mitarbeiterin viele Überstunden gemacht, obwohl sie studierten. Ein Einser Diplom an der Ludwig Maximilians Universität. Diplom Journalistin." Er schüttelt seinen fast kahlen Kopf. „Haben sie gut gemacht Mädchen." „Danke, Herr Dr. Falke, auch für ihr Vertrauen. Ich werde die wunderbare Zeit mit Ihnen nicht vergessen. Es hat viel Spaß gemacht für sie und mit Ihnen zu arbeiten." Mein Chef steht auf. Der baumlange kräftige Mann schüttelt mir die Hand, lässt sie kaum los. Er räuspert sich: „ Ich werde sie wirklich vermissen." Dann dreht er sich ganz plötzlich um und geht zurück an seinen Schreibtisch. Erleichtert gehe ich den Redaktionsflur entlang, schnell auf die Straße. Der Pförtner lässt mich raus, denn die Türen sind bereits abgeschlossen. Um diese Uhrzeit sind fast alle Mitarbeiter schon nach Hause gegangen. Nie mehr muss ich diese Menschen sehen. Hoffe ich. Mein Gott, was für ein Leben. Begraben hinter seinem Schreibtisch in einer Redaktion, die sich seit gefühlten hundert Jahren nicht verändert hat. Er glaubt, er habe Einfluss. Er hätte der Welt etwas mitzuteilen. Dr. Falke kommt sich so wichtig vor als Chefredakteur. Er ist glücklich mit seiner bayrischen Frau und seinen zwei Kindern im Eigenheim in Solln. Wochenenden am Starnberger See auf seiner schicken Yacht. Zwei Mal im Jahr Urlaub am Gardasee. Im Winter in die Berge zum Skilaufen. Jahr für Jahr, immer das gleiche. Was für ein stupides, langweiliges Leben. No way für mich. Ich habe daran geschnuppert, festgestellt, dass ich dieses Leben nicht führen möchte. In einer Sache hat er Recht. Ich werde es weit bringen, sehr, sehr weit sogar, dafür werde ich schon sorgen. Ich komme nicht aus einer einflussreichen Familie mit guten Verbindungen zur Politik und zur Machtelite. Ich stamme aus einer stinknormalen Mittelschichtfamilie, so eine wie die von Dr. Bernd Falke, er könnte mein Vater sein. So wie bei Dr. Bernd Falke wurden in meiner Familie Bildung und Benehmen großgeschrieben. Disziplin und Rücksicht. Argumente und Informationen anhören, nachdenken und sich danach erst ein Urteil bilden. Rede nur wenn Du wirklich wichtiges zu sagen hast, das habe ich mir ins Ohr geknüpft. Ich bin da, höre zu und sauge auf. Falle nicht auf. Schon als kleines Kind musste ich mich durchsetzen und heute weiß ich sehr genau, welche Mittel ich einsetzen muss, damit ich Macht erlange, auch wenn meine Familie nicht zur Machtelite gehört. Übung macht den

Meister. In meinen Münchener Jahren   habe ich mich umgeschaut und umgehört und hin und wieder auch mitgemischt.   München ist die perfekte Lehrschule. Intrigen, Klatsch und Tratsch, Sex, Drogen, heiße Geschichten, wilde Partys: daran ergötzt sich die High Society im Süden des Landes. Die Schönen und Reichen. Wer jung ist, intelligent und gut aussieht, so wie ich, der bekommt Zugang und darf lernen. Ich habe einen achtzigjährigen Milliardär bei einer Flasche Champagner getröstet und seine Tränen getrocknet, weil sein 20 jähriger Ehemann im Badezimmer mit einem jungen bildschönen Gast seiner Geburtstagsparty rummachte. In seinem eigenen Bett hat der alte Mann die ganze Nacht in meinem Schoß geweint, vor allem, weil ihm klar wurde, wie schnell sein Leben   an ihm vorbeigerauscht ist. Er hat immer hart gearbeitet und mitgespielt und dann hat er festgestellt, dass er zwar Milliarden hat aber alt ist, zu alt um wirklich genießen zu können. Er hat geredet und ich habe zugehört, dabei hätte ich viel lieber mit seinem jungen Freund weitergefeiert. Der alte Mann aber hat mir seine Lebensgeschichte und viele Weisheiten erzählt und etwas ist hängen geblieben. Ich will Macht, alles andere interessiert mich nicht und ich habe für mich entschieden, dass ich diese Macht bekommen werde und zwar sehr schnell. Zeit darf ich nicht verlieren. Deshalb werde ich den Job als Fernsehjournalistin in Köln bekommen, das steht für mich fest. Dafür werde ich alles tun. Macht ist mein Ziel, mein einziges Ziel.

Tatsächlich. Drei Wochen später habe ich sämtliche 800 Mitbewerber abgehängt, alle psychologischen Tests bestanden und die nervigen Fragensteller aus den Chefetagen mit ihren eigenen psychologischen Tricks geschlagen. In meinem vollbeladenen kleinen BMW fahre ich nach Köln. By, by München. Eine neue Etappe meines Lebens beginnt. In der Nachrichtenredaktion des größten öffentlich rechtlichen deutschen Senders DOR. Deutscher Öffentlich Rechtlicher Rundfunk, kurz DOR genannt. Here I come.

Öffentlich rechtliches Fernsehen und Hörfunk stecken in einer Krise. Die Führung der jetzigen Anstalten befindet sich in einem Vakuum der Macht und hat die Realität längst aus den Augen verloren. So zumindest empfindet es der Zuschauer. Der öffentlich rechtliche Rundfunk müsste sich der Diskussion stellen, tut er aber nicht, im Gegenteil. Die Kommunikation mit den Zuschauern und Hörern ist längst verschwunden.

So steht es in den Fachzeitschriften. Lachhaft, aber wahr. Wer schaut sich diesen Blödsinn an? Nur die, die ihren Fernseher nicht mehr selbst ein- oder ausschalten können und auch sonst keine Schalter mehr bedienen können. Ich muss lachen. Herrlich. Das ist meine Chance. Diese Situation der Ratlosigkeit werde ich für mich nutzen und Karriere machen. Wo kann man schneller was erreichen als dort, wo Unsicherheit und Verzweiflung vorherrschen. Ich werde die Medienlandschaft verändern. Zuerst die Macht an mich heranziehen und dann werde ich dieses einschläfernde Programm verändern. Das ist mein Ziel. Geschichte schreiben. Liebe Anna Schmitt, ja das wirst Du. Ich schreie es laut in meinem Auto aus mich raus und trommle mir auf die Brust, so gut es geht, ohne die Gewalt über das Steuer zu verlieren.   Eine Stunde später fahre ich in die Friesenstraße in Köln hinein und parke meinen metallic schwarzen BMW - bezahlt von meiner Arbeit bei der Fernsehzeitschrift – direkt vor der Türe. Bevor ich meine vielen Sachen aus München auspacke brauche ich dringend etwas zu essen. Ich steige aus dem Auto aus, strecke meine schlanken, langen Beine. Meine Jeans klebt, mein dunkelblauer Kaschmirpulli stinkt nach Schweiß, zumindest empfinde ich dies so. Ich sprühe ein wenig Parfum auf. Fracas von Robert Piquet befindet sich immer in meinem Handschuhfach, direkt neben dem Eiskratzerhandschuh, dem Schuhputzset und der Parkscheibe. Duftende Notfallwäsche. Kurz nach 22 Uhr schlendre ich durch die ziemlich leeren Straßen Kölns, suche ein Etablissement welches noch geöffnet hat, wo ich noch eine Kleinigkeit essen kann. In einer winzigen Seitenstraße entdecke ich einen Mini-Imbiss. Döner ! Ich liebe Döner und für mich ist das ein Häppchen, denn ich esse gerne und viel. In dem Lokal mit grellgrün gestrichenen Wänden gibt es nur zwei Sitzplätze an einem wackligen Holztisch ganz hinten in der Ecke. Der Besitzer sieht türkisch aus. Müsste nach seinen Falten zu urteilen, schon längst in Rente sein. Ich gehe hinein: „Machen sie mir noch einen Döner ? Und einen großen Salat ? „Ja, selbstverständlich junge Dame." Er spricht akzentfrei deutsch. Zehn Minuten später beiße ich hinein, in den köstlichen Döner. Fettiger Fleischsaft und Tzatziki mit viel Knoblauch laufen aus meinen Mundwinkeln raus. Es ist der beste Döner den ich je gegessen habe. Das wird sicher nicht mein letzter Döner sein, den ich hier esse. „Der ist sehr fein." „Ja, ich weiß, ich mache gute Döner, denn ich mache alles selbst, ganz anders als in all den anderen Läden hier in Köln. Dabei bin ich nicht einmal Türke haha. „ Er lacht. Ich wundere mich: „Nun, ich dachte sie seien Türke, sie sehen so aus. “ „Nein, bin ich nicht, ich bin eigentlich Schwede.“ „Sie verarschen mich, niemals sind sie Schwede.“ „Doch, wirklich, ich bin in Märsta geboren, meine Mutter war Schwedin, mein Vater kam aus dem Iran. Seit 40 Jahren bin ich Deutscher. Super Kombi nicht wahr haha „ Er lacht wieder sehr laut und sehr herzhaft. Ich muss ebenfalls lachen. „Der erste Mensch mit dem ich am Tag meines Umzugs in Köln spreche, ist ein Deutscher mit schwedischen und iranischen Wurzeln. Er macht offensichtlich die besten Döner und hat den coolsten Humor. Dann heißen sie sicher Ole oder Nils. Wieder lacht er „Nein, ich heiße....Ingmar. Ingmar Merizadi. Ingmar Merizadi ???“ Ich falle fast vom Stuhl vor lauter lachen. „Und ich heiße Anna Schmitt. Ingmar gibt mir einen festen Händedruck: „Jetzt trinken wir einen Raki auf unsere neue Bekanntschaft." Ich schaue ihn verdutzt an: „Dürfen sie überhaupt Alkohol trinken." „Was denken sie ? Ich bin Deutscher und Evangelisch und Raki und alle Schnäpse der Welt sind großartig." „Wir stoßen an auf unsere neue Freundschaft". Glücklich schlendere ich zurück zu meinem neuen Penthouse. Mein Kopf dreht sich ein wenig, denn wir haben fast eine ganze Flasche Raki leergetrunken, mein neuer Freund Ingmar und ich. Dann sehe ich mein vollbepacktes Auto vor der Türe stehen. Oh nein, meinen Umzug hatte ich völlig vergessen. Vier Stunden später habe ich den Wagen ganz alleine ausgeräumt. Alles steht im Wohnzimmer und im Flur und ich falle todmüde in mein neues Bett, das ich zum Glück bestellt und schon vorher aufgebaut hatte. Ich schlafe bis in den Nachmittag hinein.

Wenig später schaue ich zum ersten Mal aus der großer Fensterfront meiner neuen Penthouse Wohnung in der Friesenstraße in Köln. Trinke meinen selbstgepressten Gesundheitsjuice mit Spinat, Ingwer, Zitrone, Apfel und Grünkohl. Ich liebe diese gesunden Säfte. Sie geben mir Kraft. In der Fensterscheibe spiegelt sich meine Silhouette vor dem dunklen Hintergrund der Nacht. Oh, wie bin ich schön. Groß und schlank. Ein ebenmäßiges Gesicht mit perfekter Nase und glänzenden dunkelblonden Haaren. Sexy, sogar wenn ich meine schwarze Brille trage. Die hat zwar nur Fensterglas, aber sie unterstützt meine Autorität. Das war eine gute Idee, mir diese Brille zuzulegen. Wenn ich sie trage, sehe ich nicht aus wie 27. Ich liebe mich so wie ich bin, dazu stehe ich. Mein Selbstbewusstsein ist gesund. Ja ich bin sogar ziemlich Narzisstisch. Ich gebe es zu und finde es überhaupt nicht schlimm, im Gegenteil. Es ist erst 20.00 Uhr. Der Abend ist noch lang. Um mich abzulenken brauche ich Sex. Das habe ich entdeckt als ich 16 war. Damit kann ich Spannungen abbauen. Das ist meine männliche Energie die in mir steckt. Was ich brauche nehme ich mir. Was ich nicht haben möchte, davon verabschiede ich mich sofort. Ich rufe Thibaut an. Er ist mein Freund seit über 12 Jahren. Kennengelernt haben wir uns in Paris, wo ich als Austauschschülerin bei einer Familie war. Wir haben keine Beziehung mit Verpflichtungen, aber wenn uns danach ist, dann sehen wir uns. Thibaut ist 35 und Banker. Er sieht unglaublich gut aus, groß, sehr schlank und muskulöse Arme.

Er wohnt seit vielen Jahren in Köln. Er spricht fließend Deutsch mit einem wunderschönen französischen Akzent. Dies ist die perfekte Beziehung für uns beide. Thibaut ist mein Ventil und ich bin seins. Wir sind beide Machtmenschen, leben das aus, wenn wir zusammen sind. Sein Smartphone läutet. Er geht sofort ran. „Thibaut ? Was machst Du ? Ich möchte jetzt vorbei kommen, hast Du Zeit ? Thibaut hat meistens Zeit, denn er ist ein Workoholic. Klingt wie ein Widerspruch, ist es aber nicht. Wenn er Zuhause ist und am Computer arbeitet – an der Börse zockt, so nenne ich seine Brokerarbeit, dann unterbricht er dies gerne für heiße Spiele. OK, ich bin in 30 Minuten bei Dir." Ich dusche schnell, ziehe meinen roten Spitzenbodysuit an, darunter meinen schwarzen Origami Suspender aus Seide und hochhackige schwarze Schuhe. Schnell werfe ich meinen kuscheligen schwarzen Kaschmirmantel darüber. Nur den. Als ich die Haustüre zuziehe stelle ich fest, wie sehr ich mich auf Thibaut freue. Ich habe ihn seit 3 Wochen nicht gesehen und schlimmer noch, nicht berührt. Ein Taxi fährt vorbei und ich schaffe es den Wagen anzuhalten. Mit Thibaut gibt es nur heiße Nächte. Ich bin aufgeregt. Thibaut hat die Haustüre einen Spalt offengelassen. Ich gehe hinein. Er liegt schon im Bett. Weiße nach Lilien duftende Kerzen überall: auf der Kommode, auf der Fensterbank. Dazu Schwere Underground Technomusik – nicht zum tanzen. Heftig. Thibaut liegt im Bett. Er zieht mich in seine Arme und schon liege ich auf ihn. Er nimmt mich von hinten und dann von vorne, dreht und wendet mich wie eine Gummipuppe. Mir gefällt das und ich schlage meine Beine um seinen Hals. Oh, wie entspannend ist dies. Ich lasse mich fallen. Er reißt an meinen Haaren, ich ziehe an seinen Penis – feste, sehr, sehr feste. Es tut weh, aber es ist ein schöner Schmerz der uns alles vergessen lässt. Wir rollen auf den Boden und ich sitze oben auf ihm. Thibaut kommt und ich auch und nochmal und nochmal. Danach ziehe ich mich wortlos an und gehe nach Hause. Das ist unser Ritual. Nachher haben wir beide keine Lust mehr auf Worte oder Zärtlichkeit. Schließlich haben wir keine normale Beziehung.

Der Weg nach oben

In der Morgenkonferenz stellt mich Karsten von Hellendoorn den anderen Fernsehkollegen vor. „Liebe Kollegen, dies ist also Anna Schmitt. Sie ist unsere neue Nachrichtenredakteurin. Sie ist zwar Rheinländerin, hat aber die letzten Jahre in München gelebt und dort studiert. Jetzt gehört sie zu unserem Team. Bitte nehmt sie mit der gewohnt freundlichen Art, die bei uns üblich ist, auf und unterstützt sie da wo ihr könnt. Helft ihr dabei, sich schnell in unserer Redaktion zurechtzufinden. Dass ihr das macht, davon gehe ich aus. Und jetzt erzählt Anna über sich." Ich könnte diesem Karsten von Hellendoorn schon jetzt die Kehle umdrehen. Ich soll über mich erzählen und den Kollegen Futter in die Hand geben, damit sie mich besser kennenlernen ? Alles, nur nicht mich kennenlernen. Ohne mich.

Außerdem bin ich unendlich müde. Thibaut hat mich fix und fertig gemacht. 3 starke, schwarze Kaffee lassen mich den morgen einigermaßen überstehen. Konzentrieren kann ich mich kaum. Ich lächle freundlich, halte meinen Kopf ein wenig schief und meine Stimme wird ein bisschen höher. Das wirkt immer. Süße, junge Redakteurin – unschuldig und naiv: „ Bis jetzt habe ich praktisch nur studiert und wenig Berufserfahrung. In Bayern habe ich einige kleinere Fernsehreportagen für Privatsender gemacht, aber ich muss eigentlich noch alles lernen. Die Praxis kenne ich kaum. " Dass ich ein abgeschlossenes Volontariat, jahrelang Beiträge produziert und eine Programmzeitschrift praktisch alleine gestaltet habe, bleibt mein süßes Geheimnis. Zumindest hier und jetzt. Für das Einstellungsgespräch waren diese

Informationen wichtig, selbstverständlich. Ich habe meine Berufserfahrung sogar noch ein wenig ausgeschmückt. In dieser Umgebung allerdings kann mir zu viel Erfahrung nur schaden. Ich schaue in die Gesichter der Kollegen um mich herum. Alle nicken freundlich, aber ich weiß: hinter diesen lächelnden Fassaden steckt der blanke Neid und viel Eifersucht. Die Haifischbecken in den Fernsehredaktionen sind knallhart. Fressen oder gefressen werden, so weht der Wind seit einigen Jahren. In der Konferenz werden die Aufgaben an die verschiedenen Tagesreporter verteilt. Die Themen der Nachrichtenfilme werden ausführlich besprochen. Danach geht jeder an seinen eigenen Platz und arbeitet. Ich soll heute den Fernsehablauf unterstützen. Das bedeutet, dass ich tagesaktuelle Beiträge mit plane und vorbereite. Die Tagesreporter sind mit den Kamerateams im Feld, also schon draußen auf der Straße oder bei wichtigen Terminen und Pressekonferenzen. Sie sind unterwegs und drehen. Sie kommen später wieder mit ihrem ausführlichen Material und produzieren im Schnitt einen kurzen Beitrag. Dann bin ich mit dem Tagesredakteur in der sogenannten Abnahme mit dabei und schaue mir die fertigen Beiträge kritisch an. Hier geht es um Feinheiten, um einen Satz, einige Bilder werden ausgetauscht. „ was sagst Du Anna, verstehst Du den Beitrag ? Ist Dir alles klar ? Wir sind die ersten Zuschauer." Redakteur Jochen Weiß duzt mich. Es stört mich nicht wirklich, denn es ist im Redaktionsalltag üblich. Dennoch hätte ich es besser gefunden, wenn er mich gefragt hätte. Trotzdem nehme ich es hin: „ Ja, ich habe den

Beitrag verstanden. Ich finde nur die Situation mit der älteren Dame, da wo sie in ihrem Schrebergarten sitzt, sehr langweilig. Ich hätte da eine spannendere Szene gefilmt, zum Beispiel ,wenn sie etwas kocht, oder wo man sehen kann, wie sie noch alleine ihren Haushalt führt mit 90 Jahren, denn darum geht es schließlich oder – diese Selbständigkeit im Alter ? Der Cutter, die Autorin und Redakteur Jochen Weiß schauen mich böse an. „ Es geht hier jetzt nicht um den Inhalt, sondern nur darum ob Du verstanden hast wie der Beitrag funktioniert." Schnauzt mich Jochen Weiß an. „ Gut, wenn dem so ist, das habe ich verstanden. „ In den nächsten Wochen beobachte ich Jochen Weiß sehr genau. Er ist leitender und dienstältester Redakteur und er hat Autorität. Sein Allgemeinwissen und seine Erfahrung werden geschätzt. Er ist klein, untersetzt und ich finde ihn Alt. Er ist etwa 60 Jahre, aber viel Alkohol und schlechtes Essen aus einem Plastikbehälter, hektisch am Schreibtisch runtergeschlungen haben ihn deutlich altern lassen. Er raucht viel, am liebsten Zigaretten ohne Filter, draußen auf der Terrasse. Selbstverständlich ist er politisch korrekt, das bedeutet für ihn intellektuell-liberal. Er wählt grün und er hat ein Ferienhäuschen in der Provence. Das hat er vor 20 Jahren als Bruchbude in einem kleinen Dorf entdeckt, von seinen Ersparnissen gekauft und mit seinen eigenen Händen und der Hilfe des örtlichen Elektrikers und Handwerkers Jean Paul renoviert. Von seinem Häuschen erzählt er gerne und viel und obwohl es mich null interessiert, höre ich zu und tue so als fände ich seine Geschichten einfach wunderbar. So lerne ich ihn schon in den ersten

Tagen richtig gut kennen und das kann wichtig sein. Er ist sozial Gerecht und hilft in seiner Freizeit Flüchtlingen bei der Integration und lehrt ihnen deutsch. Er ist strikt gegen Atomkraft und lehnt Plastiktüten ab. Jochen trägt ausgebeulte unförmige Jeans oder Cordhosen und lässige graue oder beige Pullis. Ich beobachte ihn. Er beobachtet mich. Wenn er mich ansieht, dann lächle ich freundlich. So vergehen einige Monate und ich erarbeite mir einen verdienten Platz innerhalb der Redaktion. Kollegen schätzen mich, denn ich bin nett, habe meistens gute Laune und erledige meine Arbeit gut. Ich kaufe Beiträge ein bei Autoren von denen ich weiß, dass sie hervorragende Arbeit leisten. Spannende Themen. Ja tatsächlich habe ich wohl ein Händchen darin interessante Themen auszusuchen. Bei der Abnahme gebe ich mir allergrößte Mühe auch die kleinsten Details herauszuarbeiten. Das schätzen die freien Mitarbeiter, die dadurch ebenfalls viel Lob erhalten. Ich bin kritisch und streng. Kritik kann ich hingegen gar nicht vertragen, aber noch halte ich mich zurück, mache eine Faust in der Tasche. Auch unser Programmleiter Andreas Müller vertraut mir, das ist mir aufgefallen. Wenn er zu Mittag essen möchte, meistens ißt er in der Kantine, dann fragt er wer mitgeht und fast immer fragt er, wenn ich in der Nähe bin und lädt mich ein. Selbstverständlich nutze ich diese Gelegenheit ihm näher zu kommen, denn er sitzt an einem der unteren Hebel der Macht. Andreas Müller ist 45, verheiratet und hat zwei kleine Kinder. Er ist politisch engagiert − setzt sich in seinem Wohnort dafür ein, dass Jugendliche nicht radikalisieren und er kümmert sich um

Naturschutz. Seine Kinder sollen eine gute Zukunft haben in einem gesunden Umfeld. Sein Ehestatus hindert ihn aber nicht daran heftig mit mir zu flirten und ich flirte zurück, halte ihn aber gleichzeitig auf Distanz, denn ich brauche ihn noch. Ein bisschen zappeln lassen ist Teil der Taktik, denn so bleibt er hungrig. Ich kenne das Spiel sehr gut, es wird an jedem Arbeitsplatz gespielt, mit ähnlichen Spielregeln und ich spiele gerne mit. Andreas Müller ist wichtig für mich, denn mit seiner Hilfe kann ich in der Hierarchie der Redaktion aufsteigen, das ist mein Plan. Zum jetzigen Zeitpunkt geht es vor allem darum freundlich und nett zu sein und Vertrauen zu erarbeiten innerhalb der Redaktion, aber vor allem auch bei ihm. Meine nächste Etappe die ich überwinden muss ist Jochen Weiß. Er hat die Stelle, die ich brauche um weiterzukommen. Der leitende Nachrichtenredakteur trinkt gerne und auch viel, das ist mir schon aufgefallen. Das könnte für mich ein entscheidender Faktor sein. Manchmal trinkt er auch schon mittags beim Essen,   aber nur wenn er bei unserem Redaktionsitaliener um die Ecke ißt und das ist eher selten. Ich muss meine Strategie genau ausarbeiten. Nächste Woche bin ich Planerin, das bedeutet, dass ich die Themen einkaufe. Jochen Weiß ist am Mittwoch Ablaufredakteur. Er ist also verantwortlich für den Ablauf der Sendung. Die Situation ist perfekt. Ich plane am Montag die Themen für Mittwoch ein. Einen Beitrag über Feuerwehrleute, einen über Kindergärten und Schulen, einen zur CSU Klausur. Tagesaktuell werden morgens in der Konferenz die Tagesthemen diskutiert. Es fehlt noch ein Beitrag für heute. Soll es ein Beitrag sein zu den

Fahndungspannen der Bundesregierung hinsichtlich eines gesuchten Terroristen oder über die zugenommene Gewalt in verarmten Vierteln einiger Städte im Ruhrgebiet ? Jochen Weiß möchte die Gewalt in den Städten. Ich muss mich durchsetzen mit dem Beitrag über die Fahndungspannen, denn nur dann funktioniert mein Plan. „Wir können den Beitrag zur Gewalt in den Städten auch morgen noch umsetzen." Die Fahndungspannen interessieren die Bürger jetzt viel mehr. Das ist immer noch aktuell und die Menschen sind beunruhigt. Wir sollten dieses Thema jetzt weiterhin verfolgen und heute umsetzen. Fragen beantworten wie: Weshalb konnte so etwas geschehen ? Wie kann man solche Pannen in Zukunft verhindern ? Das sind die Themen, für die sich Bürger heute interessieren, wie Sicher ist Deutschland." „Ja, da gebe ich Anna Recht," mischt sich Andreas Müller ein. „ Dieses Thema ist heute viel interessanter. Wir sollten da dran bleiben." Ein Stein fällt mir vom Herzen. Mein Plan scheint aufzugehen. Wer soll diesen Beitrag umsetzen? Ich flüstere Joachim Weiß zu: Entscheide Du das, gib doch der neuen freien Mitarbeiterin eine Chance. Gib ihr das Thema, dann kann sie zeigen was sie kann." Jochen Weiß hat ein gutes Herz, er ist sozial und gibt jungen Menschen gerne ein Chance und er sagt: „ Ich finde Helene von Haltern sollte heute die Tagesreportage umsetzen." Helene strahlt und ist sichtbar geschmeichelt. „ Ja, klar kann ich das machen, gerne." Andreas Müller schaut ein wenig skeptisch. Er fühlt sich offensichtlich überrumpelt. Ich lächle ihn an. „Helene kann das sicher gut." Es ist 10 Uhr, die Konferenz ist beendet und jeder geht jetzt an seine Arbeit. Ich bin heute sogenannte Coplanerin, das bedeutet, dass ich im Hintergrund mit plane, falls man mich irgendwo braucht. Jochen Weiß sitzt an seinem Schreibtisch im Ablaufbüro. „Bitte haltet mich auf dem Laufenden über die Entwicklung der Tagesreportage. gebt mir Bescheid, wenn Helene anruft und Anna, bitte bleibe mit ihr in Kontakt." Um 16 Uhr kommt Helene ins Studio. „Es hat gut geklappt. Wir haben alle Interviews, auch das Gespräch mit dem Polizeipräsidenten und mit kritischen Bürgern lief hervorragend. Wir haben eine Szene nachgestellt, in der wir den Terroristen verfolgen. Richtig dramatisch.„ Das ist fantastisch, Helene, am besten gehst Du gleich in den Schnitt. Ich bleibe in Reichweite und schaue immer wieder mal rein." In der Zwischenzeit gehe ich runter in die Regie, spreche vorab schon die Insert Zeiten ab. Das sind die Zeiten der Namen und Einblendungen mit Text. Kurz vor der Sendung ist der Beitrag fertig. Gemeinsam mit Jochen schaue ich mir den Beitrag an. Alles stimmt. Der Beitrag läuft gut, alles ist verständlich. Die Problematik kommt sehr gut rüber. „Gute Arbeit, Helene," lobt Jochen. Zufrieden bereitet er sich auf seine Sendung vor und geht hinunter in die Regie. Ich bleibe oben in den Redaktionsräumen und verfolge die Sendung im Hauptprogramm. Sieht alles gut aus, spannend und informativ zugleich. Später wird der gleiche Beitrag nochmal gesendet, im Regionalprogramm. Um Kosten zu sparen werden die interessantesten Beiträge wiederholt. Nachdem der Beitrag im Hauptprogramm gesendet wurde gehe ich runter zu Jochen. Ich spiele entsetzen: „Hast Du die nachgestellten Szenen gesehen – sie waren ohne

Insertierung. „ Welche nachgestellten Szenen ?
fragt Jochen. Ich ziehe meine Augenbrauen hoch:
„Die Szenen die Helene nachgestellt hat" Jochen
wird blass: „Aber das geht nirgendwo heraus
hervor, ich dachte sie sind echt. Das muss der
Zuschauer wissen." Jetzt tue ich so, als sei ich
schockiert: „Mensch Jochen, ich bin davon
ausgegangen, Du wüsstest das. Das war doch
deutlich kommuniziert worden, von Helene und
von mir " Jochen ist kreidebleich: „Nein, das war
mir nicht bewusst. Mensch, dass müssen wir als
Insert vermelden. Der Zuschauer muss das
wissen. Wir müssen das schnell einfügen."
Jochen greift zum Telefonhörer und gibt die
Anweisung in den Schneideraum das Insert noch
hinzuzufügen. Es läuft alles nach Plan. Ich stehe
da und spiele die Unschuld: „Jochen, wie konnte
das passieren, wie konntest Du das übersehen, so

ein schlimmer Fehler. Das geht mir nicht ins Hirn. Du bist doch ein Profi" Jochen sitzt zusammengekauert in seinem Sessel: „Ich habe nicht gewusst dass da Szenen nachgestellt waren. Keiner hat mir das erzählt" Fast tut er mir leid: „Spielt jetzt aber auch keine Rolle, es muss angepasst werden." In der nachfolgenden Sendung werden die Insert Zeiten angepasst. Kurz nach der Sendung ruft die Chefredaktion an. Ich gehe sofort ans Telefon, denn ich ahne wer das sein könnte „Was ist los bei Euch, wieso hat der Beitrag aus der Hauptsendung plötzlich Einträge mit nachgestellten Szenen. Wollt ihr uns Verarschen ? „ Ich versuche ruhig zu bleiben: „Nein, natürlich nicht, da ist was schiefgelaufen mit der Kommunikation. Ich denke da war der Stress des Ablaufs zu groß. Ich habe keine Ahnung warum Jochen Weiß das übersehen hat, ich weiß auch nicht wie ihm das passieren konnte. Jochen Weiß ist so ein guter Redakteur." Absichtlich lasse ich seinen Namen mehrmals fallen. Wenige Minuten später ruft Andreas Müller an: „Anna, was ist los bei Euch. Ich bekomme gerade einen Anruf aus der Chefredaktion. Ich komme jetzt sofort rein ins Studio. Wir müssen reden. " Jochen Weiß ist fertig mit seinen Nerven. Wie ein Häufchen Elend kauert er an seinem Schreibtisch. Beim DOR dürfen einfach keine Fehler passieren, das weiß jeder. Denn dann gibt es viel Druck von oben. Ich versuche ihn zu beruhigen. „Es wird alles gut". Inzwischen ist Andreas da und wir beide reden in einem separaten Raum miteinander. „Anna, sage du mir was genau passiert ist." Ohne mit der Wimper zu zucken sage ich: „Es tut mir leid, Andreas, ich glaube, dass Jochen mit der

Situation überfordert ist. Er hat Probleme und Du weißt es auch, er trinkt und er kann sich nicht mehr so gut konzentrieren. Er ist sicher ein guter Journalist, aber er hat nicht mehr die Übersicht." Andreas schaut mich an. Ich lächle und schaue ihn an mit einer Mischung aus Traurigkeit und Entsetzen. „ Jochen tut mir unendlich leid. Es ist so fürchterlich zu sehen, wie ein guter Journalist solche Fehler machen kann. Das Problem ist nur, die Fehler werden sich häufen und in unserem Job darf so etwas einfach nicht passieren." Diese Sätze hatte ich mir vorher schon überlegt und Andreas fällt darauf rein: „Was schlägst Du vor ?" Ich habe Andreas genau da, wo er hin sollte. Ich hole tief Luft und Seufze. „ Er tut mir so leid, was kann man machen. Ich denke in dieser Redaktion ist er nicht gut aufgehoben. Es ist einfach zu anstrengend für ihn" ich hole tief Luft und schaue

Andreas an. Er überlegt: „Gibt es eine Alternative ?" Andreas denkt nach. „Ich werde morgen mit der Chefredaktion gemeinsam erforschen, welche Lösung es geben könnte. Ich finde Du hast Recht. Jochen hat viele Probleme. Wir sollten ihn entlasten. Hier brauchen wir Jemand mit starken Nerven, Power und viel frischer Kraft." Schnell füge ich hinzu." Ja, Jemand der außerdem gut ins Team passt und gut mit Dir zusammenarbeiten kann Andreas." Ich halte meinen Kopf ein wenig schief und schaue ihn mit meinem süßesten Lächeln an. Meine Hände stecken in meinen Jackentaschen, beide zu Fäusten geklemmt. Andreas wirkt nachdenklich, aber lächelt zurück. Zufrieden verlasse ich als eine der letzten die Redaktionsräume.

Wer zurückbleibt hat Pech

Alles läuft nach Plan. Hoffentlich hat Andreas den Wink verstanden und schlägt mich als Redaktionsleiterin vor. Klar, ich bin noch jung, aber andererseits bringe ich auch viele frische Ideen mit und habe noch Kraft genug mich auch bei schwierigen Themen durchzusetzen. Die einzige die mich jetzt noch stört ist Helene. Sie hat viel mitbekommen. Sie darf mir nicht gefährlich werden. Ich muss sie zu meiner Verbündeten machen. Am nächsten Tag rufe ich Helene zu mir an den Schreibtisch. „Helene, ich möchte mich bedanken für deinen Einsatz gestern. Du warst großartig. Das habe ich auch dem Programmleiter Andreas Müller gesagt. Du bist eine wirkliche Bereicherung für unser Team. Schade, dass es das Problem mit den nachgestellten Szenen gab, aber das war ja gar nicht dein Fehler. Du hast hervorragend gearbeitet und der Beitrag ist sehr gut geworden." Helene wird ganz rot von all dem Lob. Die blöde Kuh denkt doch tatsächlich dass ich dies ernst meine. Prima, sie ist dumm genug für meine Zwecke. „Komm, lasse uns gemeinsam in die Konferenz gehen." Selbstverständlich bekommt Helene heute wieder eine weitere Tagesreportage zugewiesen. In den nächsten Wochen steigt Helene von Haltern auf zur meistbeschäftigten freien Mitarbeiterin der Redaktion. Sie wächst sichtbar über sich hinaus, ist Selbstbewusst und zeigt mir ihre Dankbarkeit. Wir trinken gemeinsam Kaffee und essen zu Mittag, fast sind wir schon Freundinnen, zumindest sieht es nach außen hin so aus. An einem Dienstagmittag ruft mich Andreas zu sich ins Büro. „Anna, wir haben lange diskutiert und überlegt was wir machen können mit unserem leitenden Redakteur, der seine Aufgaben nicht mehr erfüllt. Wir haben uns entschieden. Jochen Weiß wird in eine andere Redaktion versetzt. Er geht zu den Kindernachrichten, die können da noch einen weiteren Redakteur gebrauchen. Er wird da unterstützend tätig sein." Ich weiß was das bedeutet: Er bekommt einen Schreibtisch ohne Aufgabe. Zwangsversetzt in die Wüste, so lange bis er pensioniert wird. Er wird ohnehin in Frührente gehen in wenigen Jahren.   Sein Geld bekommt er so oder so und seine Rente auch, also was interessiert es mich.„ Wir haben ihn versetzt. Jetzt brauchen wir einen Nachfolger. Wir haben Dich vorgeschlagen, zumindest wenn Du bereit bist. „ Mein Herz schlägt höher. „Natürlich nehme ich diese Stelle an. Vielen Dank. Ich werde Euch nicht enttäuschen und meinen Aufgaben gerecht werden." Ich fliege fast aus dem Raum hinaus. Yes, ich bin meinem Ziel wieder einen Schritt näher gekommen. Leitende Redakteurin, immerhin. Draußen treffe ich Helene und teile ihr die Neuigkeit mit. „Ich freue mich für Dich Anna. Der neue Job passt zu Dir. Da kann ich Dir ja noch viel mehr tolle Beiträge zuliefern." Helene zwinkert mit den Augen. Am Nachmittag gibt es in der Redaktion einen Umtrunk. „Auf Anna, unsere neue leitende Redakteurin." Jochen Weiß hat die Redaktion bereits am frühen morgen verlassen. Er hat sich nicht verabschiedet und hat nur seine persönlichen Sachen mitgenommen. Die Journalisten die jetzt noch im Büro sind haben ihn bereits vergessen. So ist das im Redaktionsalltag. Der eine geht, der andere kommt.

Helene fährt meistens mit ihrem Fahrrad zur Redaktion. Heute lässt sie sich den Wind richtig um die Ohren wehen. Sie macht Tempo, denn Sie möchte einen klaren Kopf bekommen. Als sie Zuhause ankommt knallt sie ihr Rad in den Hausflur des Altbaus und schmeißt ihren Lederrucksack in die Ecke hinter der Haustüre. Das macht sie sonst nie, denn sie möchte ihren Lieblingsrucksack nicht verkratzen. „Was ist los, mein Schatz ?" Ihr Freund Rahim Mansoor steht, bekleidet mit einer Kochschürze über seinen schwarzen Jeans und schwarzem slim fit T Shirt im Türrahmen. „Was ist Dir über die Leber gelaufen ?" Sie schaut ihren Freund Rahim an, wie gut er doch aussieht, aber ihre Gedanken sind wo anders: „Ich bin genervt. Mir geht so vieles durch den Kopf. In der Redaktion laufen eigenartige Geschichten ab. Dinge, die nicht zusammen passen. " „Das kannst Du mir ja gleich beim Essen erzählen. Ich habe Trüffelravioli. Selbstgemacht, mit der Pastamaschine, gefüllt mit Pecorino Käse und einen Salat. Dazu einen feinen Barolo von deinem Lieblingsitaliener.„ Helene muss trotz allem lachen. Rahim ist ein Gourmet und leidenschaftlicher Koch. Er hat den Tisch gedeckt mit Kerzen und ihrem weißen Porzellan. Gekonnt schenkt er den Wein ein. „Nun erzähle." „Ach, es geht um Anna Schmitt. Sie ist Redaktionsleiterin geworden. Joachim Weiß hat man ausgebootet. Er hat einen Fehler gemacht. Eigentlich hat Anna ihn reingelegt, das sagt mir mein Gefühl, aber ich kann nichts beweisen. Ich finde es nur sehr ungewöhnlich. Anna Schmitt macht so schnell Karriere. Dabei ist sie unheimlich nett zu mir. Wir sind fast wie Freundinnen. Sie lädt mich zum Mittagessen ein, wir reden viel und wir verstehen uns. Ich sollte sie mögen, sie gibt mir auch viele Aufträge. Trotzdem ist da etwas an ihr, was ich nicht mag. Sie ist knallhart, geht über Leichen, so scheint es„ Rahim nimmt sein Glas und trinkt. „Ach, ich glaube Du siehst Gespenster. Ihr Frauen seid manchmal so überkritisch. Jede Frau ist knallhart, so seid ihr einfach. Du lässt Dir auch nichts gefallen" „Meinst Du? Ja, vielleicht hast Du Recht. Sie sieht unheimlich gut aus und ist sehr intelligent. Vielleicht ist sie einfach zu perfekt und ich bilde mir nur ein, dass da etwas sein muss. Kein Fehler geht ihr durch. Die Beiträge die sie abnimmt sind hervorragend. Sie kauft nur Reportagen ein, die ihr gefallen, von denen sie denkt, dass es Beiträge sind, die bei der Chefredaktion im Gedächtnis hängen bleiben. Der Arbeitsdruck in der Redaktion ist hoch. Für

Anna steht fest: ihre Sendung soll die beste sein. Das ist Anna," erklärt Helene ihrem Freund. „Aber das ist doch gut? „Nein, Rahim, das ist nicht gut, denn sie geht über Leichen um ihr Ziel zu erreichen und das macht mir Angst. Von Tag zu Tag wird sie härter."

Rahim nimmt Helene in den Arm und entführt sie ins Schlafzimmer. Die beiden legen sich aufs Bett. Helene sagt: Schatz, lass uns kuscheln. Mir ist heute nur nach kuscheln zumute. Ich brauche deine Nähe." Rahim und Helene kennen sich seit 5 Jahren. Sie haben sich an der Uni kennengelernt. Rahim hat Mathe studiert und Helene Journalistik. Eine gute Kombi. Rahim der Analytiker und Helene die Träumerin. Gemeinsam wollen sie die Welt verbessern. Sie diskutieren viel und leidenschaftlich über die politischen Entwicklungen. Sie nehmen an

Demos teil und unterstützen ein Kinderkrankenhaus. Ehrenamtlich helfen sie den Flüchtlingen in Köln. In der Südstadt haben sie sich ein eigenes kuscheliges Nest eingerichtet. Rahim ist vor zwanzig Jahren mit seinen Eltern als Flüchtling aus dem Iran gekommen. Damals war er 4 Jahre alt. Er kam als jüngstes Kind einer wohlhabenden Familie ins kalte Deutschland. Kaltes Wetter, kalte Menschen, so hat er das empfunden. Von einer Luxusvilla mit Haus- und Kindermädchen, Köchin, Gärtner und Chauffeur zog die Familie in eine winzige Sozialbauwohnung in einen Vorort von Köln. Die Möbel waren Second Hand. Für den kleinen Rahim ein wahrer Kulturschock. Deshalb ist Deutschland immer nur seine zweite Heimat geblieben. Regelmäßig fliegt er zu seinen Verwandten in den Iran und träumt dort von besseren Zeiten. Teheran ist und bleibt sein wirkliches Zuhause, welches er über alles liebt.   Für Rahim steht fest: da wo Du geboren bist, da sind Deine Wurzeln.

Annas Plan geht auf

In den nächsten Monaten arbeite ich hart. Ich bereite mehrere längere Dokumentarbeiträge vor, organisiere Studiogäste für wichtige politische Fragen, fliege nach Washington und Moskau um Interviews vorzubereiten und abzunehmen. Der Redaktionsalltag läuft wie am Schnürchen. Als ich ein halbes Jahr später den Sender spätabends verlassen möchte, unterwegs nach Hause, hält Andreas mich an: „Anna, die Stelle von Karsten von Hellendoorn wird frei. Er geht weg zu einem anderen Arbeitgeber. Ich fände es klasse, wenn Du Dich bewerben würdest. Du bist genau die richtige. Du besitzt die richtige Ausbildung, die Erfahrung und Du hast in den vergangenen Monaten gezeigt, welch hervorragende Journalistin Du bist. Du würdest dann hier in der Redaktion bleiben und von hier aus weltweit arbeiten." Ich fühle mich geschmeichelt. Andreas möchte gerne, dass ich diese Stelle bekomme, er wird sich also für mich einsetzen, sonst hätte er mir dies hier nicht so off the record erzählt. „Danke Andreas, ich bin wirklich froh, dass Du mir dies erzählt hast. Ich werde mich bewerben, denn das ist genau die Stelle die mich derzeit am meisten interessiert."

Die Redaktionsräume sind geschmückt. Die Abteilung ist vorbereitet für den Empfang. Andreas Müller hat seinen schwarzen Anzug an. „Wir erheben das Glas auf unsere neue Redaktionsleiterin Anna Schmitt." Ja, ich habe es geschafft. Ich habe mich beworben auf die Stelle von Karsten von Hellendoorn und ich habe sie also bekommen. Es gab 4 Mitbewerber, aber keiner hatte eine Chance, denn ich war natürlich die beste, die jüngste und dazu noch weiblich.

Alle Karten habe ich ausgespielt. Karsten von Hellendoorn verlässt die Redaktion, möchte Karriere in der Politik machen. Er ist jetzt Pressesprecher eines Bundestagsabgeordneten. Ohnehin war das sein Wunsch, schon seit längerem. Alle wussten das und deshalb war er auch kaum mehr in der Redaktion und hatte auch kaum mehr Aufgaben übernommen. Seine Stelle wurde ausgeschrieben und ich habe sie bekommen. So die offizielle Version. Das ich vorab schon mehr oder weniger gewonnen hatte, dass weiß niemand. Meine Rede ist kurz: „Vielen Dank liebe Kollegen. Ich freue mich auf meine neue Aufgabe und darauf unsere Einschaltquoten zu verbessern. Noch weiter zu verbessern, denn schon jetzt gehören sie zu den höchsten unseres Senders. Vielen, vielen Dank."

Als Anna wenige Wochen später alleine in ihrem neuen Büro an ihrem Schreibtisch sitzt, ruft sie eine ihrer guten Freundinnen in München an. „Hallo Sophie wie geht es Dir ?" „Oh, hallo Anna, es ist schön von Dir zu hören. Danke mir geht es sehr gut. Toll, dass Du Dich meldest. Ich habe über Dich im Journalistenmagazin gelesen, über Deine Promotion. Deine Karriere geht gut voran." Ich lächle: „ Ja, das stimmt wohl. Ich arbeite hart daran, denn ich habe noch viel vor. Übrigens: Hast Du Lust auf einen neuen Job ?" „ Was meinst Du mit dieser Frage?" „ Nun, Ich biete Dir eine Stelle an, als freie Mitarbeiterin in meiner Redaktion. Wir brauchen dringend Unterstützung. Du weißt, ich will nur die besten und Du gehörst dazu." Sophie und Tom sind ein Journalistenpaar, welches ich schon sehr lange kenne. Sie arbeiten viel für die großen privaten

Sender und haben Erfahrung mit Showformaten. Sophie ist wirklich ein Talent darin, Zuschauer zu fesseln. „Das ist super, danke, ich würde gerne, aber Du weißt ja ich bin jetzt mit Tom zusammen und er arbeitet hier in München als Journalist." „ Dann nimm ihn doch mit. Er kann ebenfalls bei uns arbeiten, auch in meinem Team. Ich garantiere Euch, dass ihr viel zu tun haben und sehr gut verdienen werdet. Dafür werde ich sorgen. Ich brauche gute Journalisten denen ich vertrauen kann." „Mensch Anna, das ist aber eine sehr spontane Stelleneinladung. Ich rufe Dich heute Abend an und teile Dir unsere Entscheidung mit. Ich muss erst mit Tom sprechen„ „Prima, bis heute Abend kann ich Noch warten. Aber sage nicht nein, denn es wird sich für Euch lohnen – vor allem finanziell – ich werde Euch viele, viele Themen zuspielen. Du weißt es ist immer gut, wenn man die Redaktionsleiter persönlich kennt." Gegen 23.00 Uhr ruft Sophie zurück: „Anna, ich habe gute Nachrichten für Dich und hoffentlich für uns. Wir kommen zu Dir ins Team. Tom und ich, wir haben uns das genau überlegt. Wir können einen Tapetenwechsel sehr gut gebrauchen. Wir mögen Köln, München ist schon so lange unsere Heimat. Wir werden dein Team verstärken. Hälst Du Dich an die Absprache, dass wir viel Arbeit haben und viele Beiträge produzieren werden? Wir wollen Karriere machen. Ein öffentlich rechtlicher Sender mit guten Honoraren – ja das reizt uns." „Na klar, das habe ich Euch versprochen und das werden wir so machen. Ich halte mich an mein Wort. Ab wann könnt ihr in Köln sein? In vier Wochen wäre es möglich, wir brauchen nicht zu kündigen, sondern machen praktisch den fliegenden Wechsel und nehmen noch einige Aufträge mit nach Köln, geht das für Dich ? Das ist Super. Ich freue mich auf Euch. "

Am nächsten Tag rede ich mit Andreas darüber, dass wir dringend Verstärkung für unser Team brauchen. „Es haben sich zwei sehr gute Journalisten aus München beworben. Ich habe ihre Lebensläufe gescheckt und ihre Beiträge. Sie sind hervorragend und eine Bereicherung für unser Team. Sie können schon in einem Monat beginnen. Außerdem sind sie mir in München das ein oder andere Mal über den Weg gelaufen und sie machen hervorragende Beiträge". „Aber Anna, ist unser Team nicht schon groß genug ?" „Nein, wir brauchen neue, gute Leute. Ich zeige Dir ihre Lebensläufe und Bewerbungsunterlagen. Außerdem haben wir nichts zu verlieren. Sie kommen und machen gute Arbeit oder sie gehen wieder." Andreas Augen leuchten. „Anna, ich bin so froh, dass Du in unserem Team bist. Das Du gute Leute aussuchst. Du denkst nur an unsere Arbeit. Ich finde das super. Ich freue mich so." Andreas hat dafür gesorgt, dass ich die Stelle als Redaktionsleiterin bekommen habe. Das hatte einen guten Grund der nichts mit Arbeit zu tun hat. Ich habe ihn zappeln lassen. Schöne Augen gemacht schon seit Monaten. Jetzt möchte er seine Belohnung, das ist mir klar. Der Zeitpunkt ist günstig. Die Sekretärinnen und auch fast alle anderen Mitarbeiter im Sender sind längst nach Hause. Er geht zum Schrank. „Ich habe hier noch eine schöne Flasche Rotwein. Hat mir ein Mitarbeiter letzte Weihnachten vorbeigebracht. Lasse uns sie öffnen und auf unseren gemeinsamen Erfolg trinken." Dieser Andreas, er sieht so hässlich aus, seine Frau tut mir Leid. Er ist zwar groß und schlank, aber sein Gesicht ist so langweilig und seine Haare haben keinerlei Frisur. Ich weiß genau wo das jetzt hinführt, aber das ist auch mein Ziel. Er soll auf meiner Seite sein und vor allem bleiben. „Tolle Idee Andreas." Er macht die Flasche auf. Gemeinsam trinken wir sie leer und er redet über sich. Je mehr er getrunken hat, desto redseliger wird er. Dieser arme Mann. Er lebt ein typisches Klischee. Unglücklich verheiratet, kein Sexleben und natürlich möchte er ein wenig Spaß haben. Das bedeutet für ihn vor allem fremdgehen. Ich werde ihn nicht aufhalten, im Gegenteil. Je mehr er mich mag, desto besser. Eine halbe Stunde später liegen wir auf der beigen edlen Mini Couch in seinem großen Arbeitszimmer im Sender. Andreas legt gleich los. Ich verdrehe meine Augen. Was für ein schlechter Liebhaber. Ich fühle, dass er es so dringend braucht. Bestimmt hatte er seit Wochen keinen Sex. „Oh, mein Gott, Anna, ich hatte seit Monaten keinen Sex, meine Frau hat einfach nie Lust, wegen der Kinder. „ Also noch viel schlimmer als ich dachte. 5 Minuten später ist alles vorbei. „Anna, wie schön ist das mit Dir. Mit meiner Frau ist das ganz anders. Seit wir Kinder haben lässt sie sich gehen. Sie hat so viel zugenommen. " Tja, das habe ich mir gedacht und gefühlt. Dann aber kommt sein schlechtes Gewissen. Diese Nummer kenne ich. Bei verheiratete Fremdgeher kommt es immer. Beim Mann meistens sofort danach, weil er Bestätigung braucht, dass er nichts falsches gemacht hat: „Was haben wir getan ? Wo geht das jetzt hin ? Wie geht es weiter ? Mach Dir keine Sorgen Andreas, alles was in diesem Zimmer passiert ist und weiter geschieht, bleibt vollständig unter uns. Es ist unser Geheimnis"

Ich lächle ihn süß an und schlüpfe in mein Kleid.

Als ich nach Hause gehe bin ich zufrieden. Was

für ein Tag. Wie toll läuft alles für mich. Ich bin

dabei den Berg zu erklettern, ach was Berg, es ist

nur ein Hügel und ich bin schon auf halbem Weg.

So einfach hatte ich mir das alles nicht

vorgestellt. Es läuft prima.

Der Hofstaat

Vier Wochen später stelle ich Sophie und Tom in der Redaktionskonferenz vor. „Liebe Kollegen, das sind unsere beiden neuen freien Journalisten. Ich hoffe ihr nehmt sie mit der gewohnten Höflichkeit auf und helft Ihnen bei ihrer Arbeit, damit sie genauso erfolgreich sein können wie ihr." Da übliche blablabla. Ein Raunen geht durch die Gruppe freier Journalisten. „Was soll das ? Woher kommen diese Neuen ? Wieder Neue ? Wir kämpfen doch schon jetzt um jeden Auftrag." Der freie Mitarbeiter Rudolf Gerlach protestiert laut. Er nimmt kein Blad vor dem Mund und das ärgert mich. Was denkt er wer er ist. Ich muss diese Redaktion leiten und das geht nur mit harter Hand, ohne Diskussionen. Vielleicht halten mich die Mitarbeiter für eine Diktatorin, aber ich habe gelernt, anders kann man sich nicht behaupten und schon gar nicht als Frau. Später kommt Helene zu mir ins Büro. „Anna, wie kannst Du das machen ? Wir freien sind schon jetzt unzufrieden. Immer wieder neue Kollegen, da bekommen wir Angst, dass es nicht genug Arbeit gibt." „ Was fällt Dir ein hier so reinzuplatzen ohne Anmeldung und dann mit so einem Blödsinn. Das ist doch alles quatsch. Ihr müsst euch mehr anstrengen. Konkurrenz belebt das Geschäft. Stell Dich nicht an und jetzt lasse mich in Ruhe. " Ich knalle die Türe zu. Diese Helene geht mir wirklich auf die Nerven. Was interessieren mich die Probleme der anderen in der Redaktion ? Ich muss dafür sorgen, dass ich ein starkes Team um mich habe, was für mich da ist, worauf ich mich drauf verlassen kann und das für mich durchs Feuer geht. Ich baue mir mein eigenes Team auf. Ohnehin werden einige gehen müssen, das steht für mich fest. Da sind einige kritische Nörgler dabei. Die kann ich wirklich nicht gebrauchen. Da ist dieser Karl. Nur am nörgeln und kritisieren. Seine Beiträge sind gut, wirklich, aber so Jemanden kann ich nicht hier halten. Er muss ganz schnell gehen. Ich muss ihn loswerden und ich weiß auch schon wie. Und Helene ? Sie gefällt mir ebenfalls nicht. Außerdem weiß sie zu viel, das kann gefährlich werden. Besser ich habe Leute um mich herum, die nicht so viel wissen.

Sophie und Tom arbeiten sich gut ein. Sie machen hervorragende Beiträge. Nicht zu kritisch, ausgewogen und im Sinne unseres Programmauftrags. Sogar Andreas ist jetzt der Meinung, dass es eine sehr gute Idee war die beiden zu beschäftigen. Helene ist unzufrieden, dass merke ich. Sie versucht bei mir lieb Kind zu sein und versucht sich aufzuschmeißen, damit sie Aufträge bekommen. Das gefällt mir nicht. Sie ist zu sensibel und nicht hart genug. Wenn es darauf ankommt kippt sie ganz schnell um und redet hinter meinem Rücken, da bin ich mir sicher. Ich muss Karl loswerden, aber auch Helene muss gehen. Ich habe viel zu tun. Am Nachmittag rufe ich die Kollegen an vom Wirtschaftsmagazin. „Hallo, hier spricht Anna Schmitt aus der Nachrichtenredaktion. „Wie geht es euch ? Ich rufe Euch an, weil ich einen freien Mitarbeiter in der Redaktion habe, der ganz hervorragende Arbeit leistet. Leider ist er bei uns unterfordert. Er ist eine Spitzenkraft in Sachen Wirtschaft. Er recherchiert sehr gut und er würde super in euer Team hineinpassen. „ Der Kollege Jens Müller ist nicht begeistert: „Mensch Anna, wir brauchen eigentlich Niemand. Wir haben ein komplettes

Team. Anna gibt nicht auf: „Jens, bitte und Du bist mir auch noch etwas schuldig, erinnerst Du Dich ? Das kannst Du jetzt wieder gut machen." Na gut, lass ihn vorbeikommen, dann kann er für uns arbeiten. Wenn er gute Beiträge macht, dann bleibt er." Ich bin zufrieden. Am Nachmittag spreche ich Karl an. „Karl , ich habe gute Nachrichten für Dich. Die Wirtschaftsredaktion interessiert sich für Dich. Der Redaktionsleiter hat mich angerufen. Sie haben einige deiner Beiträge gesehen und möchten Dich im Team haben und zwar sofort." Karl ist überrascht." Wirklich Anna ? Wieso so plötzlich ? „ Nun ja, hat sich halt rumgesprochen, dass Du gute Arbeit leistest." Karl wird rot vor Freude. Na, in dem Fall werde ich morgen vorbeigehen und mich vorstellen." Das hat gut geklappt. Bald gibt es einen Nörgler weniger im Team und mehr Arbeit für meine Lieblinge Sophie und Tom. Die nächste Baustelle ist Helene. Vorerst allerdings werde ich dazu nicht kommen, denn Andreas schreit aufgeregt durch den Redaktionsflur. „ Ein Lastwagen ist über den Weihnachtsmarkt gerast. Er hat viele Buden umgerissen. Mindestens 9 Menschen sollen Tod und mehr als 30 verletzt sein. Alle jetzt sofort in die Konferenz. Wann ist es passiert ? Vor einer halben Stunde. „CNN berichtet bereits Life, sagt Sophie. Jetzt schon ? Wie kann das sein ? Wir müssen an diesem aktuellen Thema dran bleiben. Alle Kamerateams sofort raus, alle festen und freien Kollegen Redakteure und Reporter – ihr geht mit. Die Heutenachrichten möchten eine Life Schalte. Wer weiß was ? War es ein Anschlag ? Ja, sieht ganz danach aus. Die Polizei sagt nicht viel. Sophie, Du übernimmst den Kontakt zur

Pressestelle der Polizei. Tom, Du fährst mit raus und bleibst dran, Du machst eine Life Schalte vor Ort. Helene, Du bleibst in der Redaktion und sammelst Informationen. Anna, Du koordinierst den gesamten Ablauf. In den nächsten Stunden machen wir Beiträge, Life Schalten für das gesamte Programm des öffentlich rechtlichen Rundfunks – Fernsehen und Hörfunk. Wir bestellen Pizza beim Italiener um die Ecke und schlafen nicht. Nachtarbeit, weil auch immer wieder neue Informationen auftauchen. Inzwischen gibt es 12 Tote. Der Täter ist auf der Flucht und wird Europaweit gesucht. „Ein türkischer Mitbürger hat den Täter vor einer Moschee gesehen. Wir müssen dahinfahren. Bestellt sofort ein freies Kamerateam. Sie sollen jetzt los düsen. „ Ok, wird gemacht. Sophie und Tom schicken ununterbrochen Material in die

Redaktion. Beide bleiben vor Ort. Das Material wird von anderen Mitarbeitern zu Beiträgen zusammengestellt. So senden wir stundenlang. Manchmal Life und nebenher einen Beitrag nach dem anderen. Unsere Terrorismusexperten erzählen in Sendungen wie es dazu kommen konnte. Fakten und Vermutungen – mögliche Risiken und alles muss genau abgewogen werden. Dann stürmt Andreas ins Büro „Anna, Du musst sofort ans Telefon gehen, es ist unsere Bundeskanzlerin." Persönlich ? Doris Haas ? Ja, ich glaube schon. Ich hole tief Luft und gehe ans Telefon:....kleine Stille. „Frau Bundeskanzlerin ? „ „Ja, guten Tag Frau Schmitt. Hier spricht ihre Bundeskanzlerin. Ich möchte mich bei Ihnen bedanken für die ausgewogene Berichterstattung bis jetzt. Es gefällt mir hervorragend. Sie gehen sehr ausgewogen mit der schwierigen Situation um. Ich möchte auf keine Art und Weise Einfluss aufs Programm ausüben, aber ich bitte sie, seien sie aufrecht und versuchen sie ohne Panikmache zu berichten. Ich möchte nicht, dass Unruhe in der Bevölkerung entsteht. „ Die Menschen sollen nicht zu viele Fakten wissen, sonst werden sie sich nachher ihre eigenen Gedanken machen. Ich möchte nicht, dass sie auf die Idee kommen könnten, dass wir nicht genug gemacht haben um sie zu schützen. Bitte selektieren sie sorgfältig. „

„Aber, das ist doch selbstverständlich Frau Bundeskanzlerin. Das machen wir immer, das ist unsere Aufgabe." „Danke, ich glaube wir haben uns verstanden und wenn das alles vorbei ist würde ich gerne mit Ihnen im Kanzleramt einen Kaffee trinken, nur wir beide, verstehen Sie ? „

Ich lege das Telefon aus der Hand und atme tief durch. Was war das ? Die Bundeskanzlerin die mich um Hilfe bittet, um Verständnis ? Eigentlich ist dies ein absolutes No Go, aber sie hat es tatsächlich gemacht und sie vertraut auf meine Diskretion. Ich werde Diskret sein, selbstverständlich. Ich werde mir jetzt meine Sporen verdienen. Dieser Kontakt kann hilfreich sein. Wir werden natürlich ausgewogen und vorsichtig berichten, so wie es die Bundeskanzlerin erwartet. Andreas schaut ins Büro hinein. Die Sekretärin hat ihm offensichtlich gesagt, wer am Telefon ist: "Was war das für ein Anruf ? „ Ach, die Bundeskanzlerin wollte uns sagen, dass wir gute Arbeit leisten. Sie sagt die Beiträge sind journalistisch hervorragend. Sonst nichts ? Nein, das war alles. Komisch. Die nächsten Tage sind unglaublich hektisch. Wir schlafen kaum. Ich übernachte mehr oder weniger in der Redaktion. Helene koordiniert alles. Ich muss sagen, sie leistet hervorragende Arbeit. Zu gut, eigentlich. Sie bekommt auch sehr viel Lob, vor allem von Andreas und er sagt es sogar zu mir. „Du, diese Helene ist wirklich klasse. Jetzt in der Krisensituation hat sie gezeigt, was sie kann und wie gut sie wirklich ist." „Ja, lächle ich, Ich freue mich ebenfalls, dass sie so eine zuverlässige und gute Kraft ist." Das hat mir gerade noch gefehlt, so viel Lob für Helene. Dann endlich nach einer Woche kann ich wieder einmal zeitig nach Hause gehen. Doch bevor ich in mein Penthouse gehe und durchschlafe, muss ich jetzt zuerst meinen Döner bei Ingmar essen: Ich mache die Türe zu seiner kleinen Bude auf und fühle mich sofort wie Zuhause: „Hallo Ingmar „ „Hallo liebster Stammgast. Ich habe die

Nachrichten gesehen. Da ist ja was los in der Welt." Er sagt es und stellt seinen perfekten Döner mit einem großen Salat wenige Minuten später vor mir auf den Tisch. Das tut richtig gut, dieser köstliche Fleischberg hier in dieser kleinen Oase, abseits von allem, nur mit Ingmar den ich sehr mag und der mich nicht gut kennt. Es waren anstrengende Tage. Es gefällt mir ganz und gar nicht, dass Helene so viel Aufmerksamkeit bekommt und so gut arbeitet. Sie rückt immer näher. Das kann nicht sein. Es wird allerhöchste Zeit sie zu stoppen. Während ich meinen Döner esse denke ich nach. Nachdenken beim Essen geht immer am besten. Ich muss mir eine Strategie überlegen, damit ich Helene los werde, aber ich muss es vorsichtig machen, denn Helene hat gezeigt, dass sie nicht so leicht zu überrumpeln ist. Mein Besuch in der Dönerbude von Ingmar ist zu einem Kult geworden. Mindestens einmal pro Woche sitze ich hier und denke nach.

In den nächsten Wochen geht der Nachrichtenalltag wieder seinen gewohnt ruhigen Gang. Ein Mann der seine Tochter ermordet, schwerer Unfall auf der Autobahn, verschwendete Steuergelder beim Bau einer neuen Bibliothek. Streikende Fluglotsen. Helene hat einen Beitrag gemacht über einen Einbruch in einem Rathaus in einer benachbarten Kleinstadt. Sie wollte dieses Thema vertiefen, zum Glück habe ich sie stoppen können, denn sie wollte Informationen veröffentlichen, die nicht im Sinne einer ruhigen Bundesrepublik sind. Helene wird mehr und mehr zu meinem Problem.

Problemlösung

Helene ist sauer. Sie sitzt Zuhause mit Rahim am Tisch und isst zu Abend. „Rahim ich habe heute einen Beitrag gemacht über den Einbruch in einem Rathaus in einem kleinen Ort im Sauerland. Die Diebe haben den Safe aufgebrochen und hunderte deutscher Blanco Pässe und Stempel geklaut. Ich wollte diesen Aspekt als Aufmacher nehmen, aber Anna hat das verhindert. Sie meinte, wir sollten den Einbruch an sich in den Vordergrund stellen. Da stimmt so vieles nicht mehr in dieser Redaktion, mit der Arbeit die ich mache. Alles wird nur noch unter den Tisch gekehrt. Mit Journalismus hat das nichts mehr zu tun. Wir werden behandelt wie der letzte Dreck. Ich habe dann natürlich weiterrecherchiert. Tatsächlich gab es in den letzten Monaten etwa 50 Einbrüche in kleineren

Rathäusern in ganz Deutschland. Immer wurden die Safes mit den Pässen aufgebrochen und ausgeraubt. Teilweise wurde sogar Geld, wurden Handkassen liegen gelassen. Offensichtlich geht es den Dieben bei den Einbrüchen nur um Blanco Pässe und Stempel. Kein Wunder, wenn man weiß, dass auf den Schwarzmärkten weltweit ein deutscher Pass bis zu 20.000 Dollar Wert ist. „

Rahim unterbricht seine Freundin:

„ Mensch Helene, was Du da erzählt, dass sind Räuberpistolengeschichten. Es kann doch nicht sein, dass über so vieles was Du erzählst nicht berichtet wird, dass sich da keiner drum kümmert. Ich kann das nicht glauben. Wir leben doch in einer freien, demokratischen Gesellschaft. Wir sind doch nicht in einem totalitären Regime." „Ach, Rahim, wenn ich wüsste was genau dahintersteckt. Ich kann mir das alles nicht zusammenreimen. Warum wird dies alles toleriert, warum greift Niemand ein, warum darf ich nicht darüber berichten. Ich verstehe es nicht. Es gibt auch so viele kriminelle Delikte wo sich keiner darum schert. Nicht einmal wir Journalisten dürfen das aufklären. Weißt Du noch als in Berlin unser Auto aufgebrochen wurde vor drei Wochen und die Polizei meinte das geschehe stündlich und sie könne sich gar nicht mehr darum kümmern. Der Polizist meinte zu uns, die Beamten hätten so viel zu tun mit diesen Autoeinbrüchen. Trotzdem hätten sie keine Chance irgendjemand zu erwischen, weil die Diebe so professionell seien, dass sie keinerlei Spuren hinterlassen würden. Das macht mir Angst, auch das was der junge Polizist zu uns gesagt hat." Was war das nochmal? fragt Rahim „Nun, dass professionelle Banden diese

Einbrüche als Ablenkung planen, damit die Polizei beschäftigt ist und sich nicht um die richtig großen Fälle kümmern kann, oder zumindest dafür weniger Zeit hat." Helene steht auf, geht in die Küche und räumt die Spülmaschine ein. Rahim setzt sich an den Computer. Helene unterhält sich aus der Küche weiter mit Rahim: „Heute hat eine Frau in der Redaktion angerufen. Ihr war das Fahrrad gestohlen worden. Es stand vor ihrer Villa im Südviertel. Am nächsten Tag war es wieder da mit einem Zettel. „Entschuldigung, dass ich das Fahrrad genommen habe, es war ein Notfall, ich brauchte das Fahrrad dringend." An dem Zettel waren zwei Karten für ein Musical befestigt. Die Besitzerin freute sich riesig und erzählte das den Nachbarn. So ein netter Dieb. Sie ging eine Woche später mit ihrem Mann in das Musical. Als sie nach Hause kamen war das ganze Haus von oben bis unten leergeräumt. Ein Schaden von hunderttausenden Euro: Schmuck, Fernseher, Computer, alles, alles war weg. Eine neue dreiste Masche offensichtlich. Doch über solche Sachen dürfen wir nicht berichten. Ich verstehe das nicht. „

Helene wird von Tag zu Tag unzufriedener und aufmüpfiger. Das merken die Kollegen in der Redaktion. Außerdem wird die Stimmung insgesamt schlechter. Die freien Mitarbeiter sind immer kritischer und haben immer mehr zu meckern. Das gefällt mir ganz und gar nicht. Es ist höchste Zeit meinen Plan mit Helene durchzusetzen und sie ein für allemal los zu werden. Sie hetzt die anderen Kollegen auf. Sie hat es nicht besser verdient.

Am nächsten Tag in der Redaktionskonferenz werden 4 Tagesreportagen verteilt. Spontan fällt mir ein: „Ich finde wir sollten heute noch eine weitere tagesaktuelle Reportage machen. Es gibt da diese zerstörten oder gestohlenen Bronze-Kreuze auf einem Friedhof. Das ist ein wichtiges Thema. „Findest Du„. Entgegnet Andreas ? „Ja, denn das interessiert unsere Zuschauer. Diebe, die sogar vor einem Friedhof nicht halt machen. Helene, das ist doch ein Beitrag für Dich ? „ Helene schaut mich an: „Ja, prima, dann übernehme ich das gerne." Helene fährt mit ihrem Kamerateam los. Ich gehe zu Andreas. Er macht heute den Ablauf. „Und, wie sieht es aus, hast Du viel zu tun ? Noch nicht, aber gleich könnte es eng werden, da Du vier Reportagen eingekauft hast" Zuckersüß entgegne ich: „ ich nehme dir gerne etwas ab. Sag mir einfach Bescheid." Am späten Nachmittag kommen die Reporter mit den Tagesreportagen rein, einer nach dem anderen. Helene wird eine der letzten sein, das ist mir klar, denn sie hat den weitesten Weg zum Friedhof in dem kleinen Dorf weit weg von der Stadt und zurück. Dieses späte Eintreffen und Zeitmangel ist Teil meines Planes. Erst um 17.30 Uhr ist sie zurück in der Redaktion. Sie muss sich sehr beeilen damit der Beitrag pünktlich für die Sendung fertig wird. Ich stehe im Flur und empfange sie: „Helene, mach Dich sofort an die Arbeit. Geh in den Schnittraum. Ich mache die Abnahme später. Es sollen 2.30 Minuten sein, nur kurz, aber alles muss drin sein in der Geschichte. „ Danach gehe ich zu Andreas: „Andreas, die Abnahme von Helene übernehme ich später, so hast Du einen freien Kopf." Andreas ist erleichtert: "Danke Anna, das entlastet mich sehr, vor allem so kurz vor der Sendung." Um 18.30 ist Helene fertig. Ich schaue mir im

Schnittraum den Beitrag an. Hmmmm, ich bin überrascht, noch viel besser als ich dachte, da gibt es wirklich nicht zu bemängeln, aber ich mache ein betrübtes Gesicht, runzle meine Stirn. Sage nichts und dann lege ich los: „Wer hat Euch denn ins Hirn geschissen. Was ist das ? Was soll das sein ?"„ Die Cutterin und Helene schauen mich an. Ich poltere weiter: „Es tut mir leid, das ist total am Thema vorbei. Ich verstehe nichts. Der Beitrag muss vollkommen um geschnitten werden. Wir haben aber nicht mehr viel Zeit. Eigentlich ist er so völlig sendeunfähig, aber wir müssen ihn retten, sonst ist die ganze Sendung gefährdet. " Helene schaut mich an, wie wenn sie einen Geist gesehen hat. „Das ist nicht Dein Ernst." „Aber natürlich ist das mein Ernst, der Beitrag ist so etwas von Scheiße, nichts stimmt, ich verstehe ihn von Anfang bis Ende nicht. Das musst Du doch auch sehen„ Wir schneiden ihn um. Das Interview vom Schluss kommt nach vorne. Die letzten Bilder ganz nach vorne. Na mach schon, dreh das um." Die Cutterin macht sich an die Arbeit. Der hintere Teil ist jetzt vorne, der vordere Teil kommt nach hinten. 5 Minuten vor Sendebeginn ist alles fertig. „Runter in die Regie damit. Sprechen kannst Du Life. Geh runter Helene." Helene ist blass, sagt aber kein Wort und macht was ich sage. Sie spricht den Beitrag Life ein. Ich schaue mir die Sendung an und ja, tatsächlich, der Beitrag ist jetzt richtig schlecht. Kein Mensch versteht worum es geht. Ich bin sehr zufrieden. So macht man das. Unser System funktioniert perfekt. Ich sorge dafür, dass nur die richtigen Leute um mich herum sind. Wer mir in die Quere kommt und schwierig ist oder einfach nur zu kompetent, der muss weichen. Glücklich verlasse ich die Redaktionsräume. Ich bin richtig gut, nach und nach schupse ich alle weg um mich herum, auf den Weg nach oben. Ich habe das verdient. Ich bin schön, intelligent, ich bin etwas ganz besonderes und gehöre hier sowieso nicht hin. Ich bin für größeres geschaffen. Im Flur begegne ich Andreas. Er sagt: „Der Beitrag von Helene heute, der war einfach nur Grottenschlecht. Wie konnte das passieren ? „ Ich antworte: „Ja Andreas, ich bin wirklich sehr enttäuscht. Helene ist eine gute Journalistin aber unter Druck kann sie offensichtlich nicht wirklich effektiv arbeiten. Wir sollten sie in Zukunft mehr entlasten und überwiegend bunte Beiträge machen lassen. Unser Beruf ist einfach unglaublich schwierig. Man wundert sich manchmal über Kollegen, so wie jetzt bei Helene, die hervorragende Beiträge machen, gut recherchieren und dann unter Druck vollständig versagen. Es kann halt nicht jeder ein Top Journalist sein." Andreas schaut betroffen: „Ja, ich glaube Du hast Recht. Leider. Sie hat mich sehr enttäuscht. Das darf nicht wieder passieren.„ Am nächsten Tag in der Redaktionskonferenz wird der Beitrag von Helene vollständig auseinandergenommen. „Es ist schade, dass ein solch interessantes Thema, so schlecht dargestellt wurde. Wir haben da eine Chance verfehlt. Helene, es hätte ein viel besserer Beitrag sein können, aber nun ja, es ist nun mal so wie es ist. Wir können es nicht mehr ändern. Er wurde nun so gesendet„ sagt Andreas. Helene versucht sich zu verteidigen, aber ihr Einwand geht einfach unter. Ich lasse ihn nicht gelten, lasse sie nicht aussprechen. Arrogant sage ich:„Helene, ist gut so. Du kannst auch nichts daran ändern. Der Druck der Tagesreportage war einfach zu groß." Andreas Müller schaut streng. Keiner traut sich den Mund aufzumachen. Das Thema ist erledigt und wir gehen über zur nächsten Reportage. Ich bin froh, dass das intellektuelle Niveau hier in unserer Konferenz so niedrig ist. Es passt zu unserem Programm. Keiner hat meinen Trick durchschaut und wenn, dann lässt Niemand es merken. Wie blöd sind meine Kollegen, wie dumm sind diese Journalisten. Ein Glück, dass ich den Durchblick habe. Wie leicht ist es mit unserem Programm systematisch die Bevölkerung zu verblöden und Einfluss auszuüben. Wer stört, wer sich nicht an die Regeln hält oder wer zu kompetent ist, der muss gehen. Dafür sorgt die interne Hierarchie. Ohnehin traut sich keiner der freien Kollegen etwas zu sagen, es sei denn, es ist um mir Honig um den Mund zu schmieren. Je schwieriger die Auftragslage wird, je mehr wir sparen müssen, desto besser funktionieren diese Schafe. Zufrieden gehe ich nach Hause. Ich mache Kerzen an, öffne eine Flasche Rotwein und lasse warmes Wasser in die Badewanne laufen. Ich rufe Thibaut an. „Thibaut was machst Du ? Wir haben uns lange nicht gesehen. Hast Du Zeit vorbei zu kommen ? Eine halbe Stunde später liege ich in der Badewanne. Thibaut lutscht an meinen Zehen herum – das mag er besonders gerne. Der Fußfetischist. Es fühlt sich herrlich an. Nasse Zehen die mit einer Zunge umspielt werden. Thibaut weiß wie er Frauen glücklich macht und er macht es lange und ausgiebig bis 5 Uhr morgens.

Miese Tricks

Helene ist mit ihrem Fahrrad nach Hause gefahren. Sie sieht fast nichts, denn ihre Augen sind voller Tränen. Sie kann es nicht fassen, was heute mit ihrem Beitrag passiert ist. Anna hat sie mit Absicht reingelegt und danach ausgebootet und sie hatte keine Chance etwas dagegen zu tun. Zuhause legt sie sich sofort aufs Sofa. Eine halbe Stunde später kommt Rahim nach Hause. „Was ist los ? Warum heulst Du." „Ach, heute ist etwas sehr schlimmes passiert, eigentlich ist es schon gestern passiert. Anna hat im letzten Augenblick meinen gutgemachten Beitrag um schneiden lassen und danach war der Beitrag einfach nur schlecht. Keiner hat ihn mehr verstanden. Dementsprechend schlecht war die Kritik Heute morgen in der Telefonkonferenz und natürlich auch in der Konferenz danach. Jetzt darf ich keine tagesaktuellen Themen mehr machen. Es ist einfach nur unglaublich, wie mit List und Trug eine Redaktionsleiterin Menschen ausbootet." Helene schluchst und heult weiter. „Helene, so geht das nicht mehr länger. Du bist fix und fertig. Das ist ungerecht was da abgelaufen ist, das muss sogar ich eingestehen. Mein Schatz, Du musst Dich durchsetzen. Ich habe den Eindruck, dass da bei Euch krumme Dinge ablaufen. Geh zum obersten Chef und erzähle ihm ganz genau was passiert ist. Er wird auf Deiner Seite sein. Dann wird endlich allen klar sein, was für eine korrupte und gewissenlose Schlange diese Anna ist." „Ich weiß nicht, ich bin mir da nicht so sicher, das ist so ein Haifischbecken da beim Sender. Ich habe Angst, da laufen Geschichten ab, die ich nicht durchschaue. Es gibt so vieles dort in der

Redaktion, worüber ich nicht Bescheid weiß. Es werden dort Fäden gezogen, die ich nicht sehe. "

Rahim dreht sich um: „ Nein, komm es gibt doch Gerechtigkeit auf dieser Welt und es ist immerhin der größte öffentlich rechtliche Sender Deutschlands. Du willst mir doch nicht erzählen, dass da solche krummen Dinge möglich sind, das die damit durchkommt."

Am nächsten Morgen trifft Helene ihren Chef im Flur. Andreas hast Du gleich Zeit für eine kurze Besprechung. Ich möchte gerne mit Dir reden.

„Jetzt nicht, aber nach der Mittagspause gerne. „

Nach dem Mittagessen klopft Helene an Andreas Tür. „Andreas ich möchte Dir jetzt offen erzählen, weshalb mein Beitrag so schlecht war. Anna hat die Reportage 10 Minuten vor Sendebeginn vollständig um schneiden lassen. Davor war es ein guter Beitrag. Nach dem Umschnitt war der

Beitrag einfach nur noch schlecht." Andreas schaut Helene böse an: „Willst Du damit sagen, dass eine hervorragende Redaktionsleiterin wie Anna mit Absicht Beiträge schlechter macht ? Ist das deine Anschuldigung ? Warum sollte sie so etwas tun ? Das ist harter Tobak Helene. Das würde ich nicht laut wiederholen." „ Ja, aber Andreas es ist wirklich der Fall. Sie hat das mit Absicht gemacht, warum weiß ich auch nicht. " Andreas wird laut: „Wenn Du dabei bleibst, bei dieser Beschuldigung einer Mitarbeiterin die nicht im Raum ist, dann muss ich Anna hinzuholen. „ Andreas macht die Tür auf: „Doro kannst Du bitte Anna rauf schicken ?" ja, mache ich sofort. Einige Minuten später bin ich da. „Was ist los ?" „Helene beschuldigt dich, ihren Beitrag mit Absicht schlechter gemacht zu haben. „ Ich tue so wie wenn ich aus allen Wolken falle

„WAAAs ? Das ist eine unglaubliche Frechheit. Der Beitrag war absolut nicht sendefähig. Helene, wie kannst Du so etwas nicht erkennen ? Ich habe ihn im letzten Augenblick gerettet. Das war wirklich harte Arbeit. " Gemeinsam schauen wir drei uns den Beitrag nochmal an. Andreas zieht seine Augenbrauen hoch und schaut mich an. Unschuldig blinzle ich zurück, schaue ihm tief in die Augen. Andreas sagt „Ich weiß nicht, so ist der Beitrag einfach nur schlecht, vorher war er offensichtlich nicht sendefähig. Das denke ich auch„ Triumphierend schaue ich zu Helene rüber. Helene rennt aus dem Büro raus und schreit: „Ihr seid doch nicht objektiv. Ihr steckt doch alle unter einer Decke." Helene ist einfach nur übel und sie will nach Hause. Was für eine verlogene Bande und das sollen Journalisten sein in Führungspositionen beim öffentlich rechtlichen

Sender. Es gibt noch eine Chance. Die Cutterin. Helene geht zu ihrem Schnittplatz. „Heide ich muss mit Dir reden. Mein Beitrag vorgestern. Könntest Du aussagen, dass er vorher gar nicht so schlecht war. ? „ Heide wird rot und schaut zu Boden: „Du, Helene, Du musst mich verstehen. Ich möchte mich da nicht einmischen. Du weißt wie Anna ist und wie Andreas. Ich brauche diesen Job. Ich bin alleinerziehend, habe zwei Kinder, das weißt Du. Bitte sei mir nicht böse, aber ich halte mich da ganz raus." Wütend und traurig verlässt Helene den Sender. Ab jetzt ist klar. Helene wird keine tagesaktuellen Beiträge mehr machen. Sie gehört jetzt zum Team der „bunten" freien Mitarbeiter, das sind solche die Beiträge machen, die das Programm ergänzen, aber die man eigentlich nicht braucht. Beiträge die man manchen kann, aber auch nicht, die also nicht wichtig sind und davon gibt es mehr und mehr.

„Ich werde mich nicht klein kriegen lassen, ich werde mich nicht in die Ecke drängen lassen und ich werde auch nicht freiwillig gehen, diesen Gefallen tue ich Anna nicht." Helene nimmt ihr Fahrrad und fährt so schnell sie kann nach Hause. Diese halbe Stunde auf dem Rad vom Studio zu ihrer schönen Altbauwohnung tut so gut. Der Kopf wird frei. Es regnet, passend zu ihrer Stimmung. Der Regen fühlt sich gut an, er kühlt ihre heiße Stirn. Zuhause schmeißt sie sich aufs Bett und heult und heult. Etwas später kommt Rahim zur Türe rein. Er hat eingekauft. „Was ist denn jetzt schon wieder los ? Ich glaube dieser Sender tut Dir nicht gut. Jedesmal kommst Du nach Hause und bist fertig mit den Nerven." „Ja, aber heute war es noch schlimmer. Ich habe versucht mich bei Andreas zu beschweren, so wie

Du gesagt hast, aber der Schuss ging vollständig nach hinten los. Er hat mich beschuldigt, dass ich eine angesehene Mitarbeiterin wie Anna schlecht gemacht habe. Es ist klar, dass ich jetzt unten durch bin. Anna hat ihr Ziel vollständig erreicht. Das was sie offensichtlich wollte ist geschehen. Ich werde nur noch bunte Beiträge machen dürfen. Es ist so ungerecht. Es gibt in diesem Sender Niemand dem es wirklich um das Programm geht. Es geht nur um Macht und darum den Job nicht zu verlieren. Aber ich werde nicht klein beigeben, den Gefallen tue ich ihnen nicht."

Die Spinne baut ihr Netz aus

Jetzt wo Helene auf ihren Platz verwiesen wurde und kaum noch in der Redaktion arbeitet, ist wieder Kapazität da für eine weitere freie Mitarbeiterin. Helene lässt sich kaum mehr blicken. Deshalb haben Andreas und ich heute eine Bewerberin. Sie ist sehr jung – 23 Jahre alt. Sie heißt Vera Klug. Ich habe ihre Bewerbungsunterlagen vorab gesehen und sie sind perfekt. Kaum Erfahrung, kaum Beiträge. Kein Studium. Als Vera Klug ins Büro hineinkommt verschlägt es uns die Sprache. Vera ist wirklich sehr, sehr schön und sie hat eine positive Ausstrahlung. Sie hat ein sehr schönes lachen. Vera, erzählen Sie uns bitte. Wir haben ihre Bewerbungsunterlagen gesehen. Sie haben ein abgebrochenes Studium, aber für freie Fernsehsender gearbeitet. „Ja, ich habe Beiträge für Jugendsendungen produziert." Sie kichert. Das klingt spannend, denn wir brauchen jüngere Beiträge für ein jüngeres Publikum. Dennoch sind ihre Bewerbungsunterlagen nicht wirklich überzeugend. Sie hat kaum Erfahrung. Andererseits. Je, weniger sie weiß, je unerfahrener sie ist, je mehr kann ich sie kneten und je besser kann ich sie beeinflussen. Lieber eine zweit- oder drittklassige unerfahrene Journalistin als eine erfahrene die ihren Willen und ihre Ideen durchsetzen möchte. Das würde mir nämlich gar nicht passen. Nein Vera Klug ist genau die richtige. Eine weitere dumme Mitarbeiterin, die alles macht was ich sage und die mich anhimmeln wird. Als sie weg ist reden Andreas und ich über sie. Andreas, was sagst Du? „Ich finde sie sehr nett, sie macht einen guten Eindruck." Ja, das finde ich auch. „Lass uns ihr eine Chance geben." „ Ja, und sie sieht gut aus, das gefällt mir ebenfalls" sagt Andreas und lacht. „Gut, ich rufe sie an." Frau Klug ? Wir haben uns für sie entschieden. Sie können am Montag anfangen. „ Eine schrille pieps Stimme am anderen Ende freut sich: „ Frau Schmitt, ohhhh wie toll, danke, danke, danke. Ich bin sooo Glücklich."

Vera Klug heißt zwar so, aber eigentlich ist sie strohdoof. Das gestehe ich mir ein. Aber es soll Niemand merken. Aber das ist schwieriger als gedacht. Zwei Wochen später klopft Aufnahmeleiter Jacob Klein an meine Bürotüre. „Anna, ich muss mit Dir reden wegen der neuen." „Der neuen ? ", „na ja, die junge, hübsche..diese Vera Klug. Sie sieht ja wirklich klasse aus und sie ist auch unglaublich sympathisch und nett aber wir haben trotzdem große Probleme mit ihr."

„Probleme ? „ „Na, ja sie ist einfach unfähig, sie kann weder drehen, noch schneiden. Sie hat überhaupt keine Ahnung, wie man einen Fernsehbeitrag produziert. Eigentlich müsste sie dringend ein Studium absolvieren und eine Einführung in die Praxis bekommen. Wie kannst Du so Jemanden einstellen. ?" Ich tue so als würde ich kurz nachdenken. „ Soll das Kritik sein ? „ Jacob gibt nicht klein bei: „Ja, das ist Kritik, denn sie kann nun mal gar nichts von dem was sie hier können muss. Weder weiß sie wie ein Beitrag gedreht wird, noch kann sie Interviews führen. " Ich werde laut: „Nun ja, Jacob, jetzt ist sie bei uns und ich würde sie ungerne wieder loswerden, sie bringt frischen Wind ins Studio. Zieht neue, jüngere Zuschauer an" Jacob schaut mich an: „Aber, es gibt doch auch fähigere junge Mitarbeiter" „Ja, aber wir haben uns jetzt für

Vera entschieden. Sonst müssen wir wieder Jemand neues suchen. Lass uns ihr eine Chance geben. Gibt es nicht einen Cutter der sich ihr annehmen kann und sich um sie kümmert, ihr die Schritte erklärt? Vielleicht auch einen geduldigen Kameramann der jetzt die ersten Monate mit ihr dreht und sie ein wenig ausbildet?" Jacob runzelt die Stirn: „Na ja, wenn Du wirklich meinst könnte sich Maurice um sie kümmern, er hat viel Geduld, aber ich halte es für eine Scheißidee. Eine junge hübsche Mitarbeiterin während der Arbeit zu schulen, obwohl wir bessere Mitarbeiter finden können. Du bist der Boss." Jacob dreht sich um und stürmt raus. Ich kenne Jacob jetzt schon seit einiger Zeit. Ich weiß, dass er manchmal ein Hitzkopf ist und zu viel Temperament hat, aber er dreht schon bei und wird die hübsche Vera unterstützen und auch alle anderen werden das machen. Außerdem flirtet er gerne mit den schönen Damen und erfreut sich an ihrem Anblick. Ich mache mir keine Sorgen. Die dumme Vera wird bleiben und das ist gut so, denn sie wird so dankbar sein und mir sicher nicht in die Quere kommen. Mein Team von loyalen, treuen Mitarbeitern, die blöd genug sind wächst. Ich bin mehr als zufrieden.

Eine der Sekretärinnen kommt in mein Büro: „Wir haben da einen Anruf von einem deutschen jungen Mann der in Belgien, in Brüssel arbeitet. Er möchte im Internet den DOR Beitrag über unsere Steuerreform anschauen, aber er sagt das geht nicht. „Ja, da hat er recht. Diese Beiträge kann man nur in Deutschland abrufen." Was soll ich ihm sagen ? weshalb ist das so ? „Nun ja, die Menschen in Deutschland zahlen Rundfunkgebühren und diese können alles abrufen, aber nur in Deutschland." „Aber wir sollten doch darauf achten, dass man auch im Ausland unser Programm sehen kann ?" „ Tja, sollte man, aber das interessiert Niemand, weshalb sollte es auch. Die Einschaltquoten werden nur im Inland gemessen. Deshalb ist es für uns auch nicht wichtig, ob Zuschauer im Ausland, sogar im benachbarten Ausland unser Programm mögen oder es überhaupt anschauen. Es geht um Zahlen, um Einschaltquoten und die werden nur in Deutschland gemessen." Meine Sekretärin gibt nicht auf: „Aber, wir sind doch ein Europa und wir sollten doch für ein starkes Europa eintreten, da gehört doch ein europaweites Programm dazu „ Ich versuche es ihr nochmals zu erklären: " Es geht nicht um Europa, sondern um Einschaltquoten in unserem Land, in Deutschland, die sind entscheidend.

Deshalb sind viele Formate im Internet auch nur in Deutschland abrufbar. Es wäre ja noch schöner, wenn wir es den europäischen Nachbarn einfach machen würden und sie unser Programm gratis sehen könnten. Das können sie dem jungen Mann aus Belgien schonend erklären."

Im Augenblick habe ich außerdem ein ganz anderes Problem. Woher bekomme ich ein schönes Ballkleid ? Es muss besonders auffällig und ausgefallen sein. Schon seit Wochen bin ich auf der Suche aber ich finde einfach keines welches mir gefällt. Deshalb fahre ich nach München. Meine absoluten Lieblingsdesigner die beiden Designer Talbot Runhof entwerfen die allerschönsten Abendkleider. Ich habe mich bei ihnen angemeldet und gemeinsam werden wir heute ein Kleid aussuchen für den

Bundespresseball. Ich freue mich sehr auf München. Endlich wieder zurück in meine zweite Heimatstadt. In München verändert sich nicht viel. Der Viktualienmarkt, die Maximilianstrasse, alles bleibt so wie es ist. Tradition und Ruhe. München ist so eine gemütliche Stadt. Es scheint fast als sei die Zeit hier stehengeblieben. In München sind die Geschäfte und die breiten Straßen so   schick und es ist so ein schöner Gegensatz zur Hektik des Redaktionsalltages in Köln. Ich habe mir den Bayrischen Hof gegönnt. Ein wunderschönes Traditionshotel mit Stil, mitten in der Stadt und nicht weit von Talbot Runhof entfernt. Ich freue mich darauf in dem schönen Geschäft einzukaufen. Die Managerin von Talbot Runhof erwartet mich schon. Ich habe mich vorher angemeldet zur Anprobe. „Möchten sie ein Glas Champagner „ Gerne, da macht das anprobieren nämlich noch mehr Spaß. Bei Champagner und köstlichen Pralinen probiere ich drei Stunden ein Kleid nach dem anderen an. Dann habe ich endlich mein Ballkleid gefunden. Es ist sehr lang, mit einem sehr enganliegendem Oberteil und einem weit ausgestellten Rock. Champagnerfarben, mit vielen aufgestickten Blüten. Reine Seide. Ein Kleid wie aus einem alten Hollywood Film. 6000 Euro kostet das Traumteil. Eigentlich zu viel für das Budget einer Redaktionsleiterin, aber das ist mir egal. Ich möchte auffallen. Es ist eine Investition in meine Zukunft und das zahlt sich sicher viele Male zurück. Ich kann das Kleid nicht mitnehmen. Es muss ein wenig verändert werden, damit es genau passt. Es wird mir zugeschickt innerhalb von 14 Tagen. Beschwipst vom vielen Champagner flaniere ich durch die Stadt. Einen freien Tag nur für mich und das im schönen München. Ich freue mich sehr, esse ausnahmsweise Weißwürste mit Semmelknödel und trinke ein Bier.

Drei Tage später umarmt mich Andreas im Redaktionsflur. Er hat mich vermisst, ich spüre es. Er gibt sich allergrößte Mühe neutral zu wirken, aber ich merke es ihm an. „Schön, dass Du wieder da bist. Ich freue mich, dass wir gemeinsam zum Bundespresseball gehen. Ich nehme meine Frau mit. Wer begleitet Dich ? Er zwinkert mit den Augen. Er ist neugierig und ein wenig eifersüchtig offensichtlich. „Andreas, ich werde eine Begleitung mitnehmen, aber lass Dich überraschen." Da es nicht aussieht, wenn ich ohne männliche Begleitung komme, habe ich meinen Bruder eingeladen. Er ist verheiratet und ein hervorragender Tänzer. Er sieht natürlich gut aus und deshalb ist er die richtige Wahl. Außerdem ist er mein Bruder, kennt mich also und wird nicht böse sein, wenn ich meine Kontakte pflege.

Herstellung und Verlag:
BoD - Books on Demand, Norderstedt
ISBN 978-3-7528-3224-2